LES PLAISIRS DE L'ISLE ENCHANTÉE.

Course de Bague faite par le Roy à Versailles, le 6. May, 1664.

A PARIS,
Par ROBERT BALLARD, seul Imprimeur du Roy pour la Musique.

M. DC. LXIV.

Avec Privilege de sa Majesté.

LES PLAISIRS DE L'ISLE ENCHANTEE.

PREMIERE IOVRNEE.

Course de Bague faite par le Roy.

AVANT-PROPOS.

Es charmes d'Alcine, qui n'auoit pas moins de beauté que de sçauoir, retenant aupres d'elle, par vn double enchantement, le braue Roger, & plusieurs autres vaillants Cheualliers: toutes ses pensées ne s'occuperent plus qu'a empescher leur fuitte, pour faire durer ſes plaiſirs: Elle joignit à la force, & à la ſçituation de ſon Palais, le pouuoir de ſes Demons, la fierté de ſes Geants, & celle de ſes beſtes farouches: Mais elle n'euſt pas moins de confiance aux diuertiſſements des Promenades, de la Dance, des Tournois, des Feſtins, de la Comedie, & de la Muſique. Et comme elle auoit autant d'Amans que de Captifs, & qu'ils ne penſoient tous qu'à luy plaire: Ces Illuſtres Guerriers font vne partie de Courſe de Bague; & prenant pour ſujet les Ieux Pythiens, auſquels Apollon preſidoit, ils font leur entrée dans la Lice, auec tous les ornements dont ils peuuent l'accompagner, dans le plus beau lieu que la Nature & l'Art ayent jamais formé, & embelly pour le plaiſir de la vie: Mais cette belle Magicienne, de qui les enchantements eſtoient d'vne force prodigieuſe, n'eſtant pas ſatisfaite que ſa puiſ-

ſance

ſance paruſt en vn ſeul endroit de la Terre; afin de porter en tous lieux le triomphe de ſa beauté, par les hommages de ces Cheualliers, a rendu ſon Iſle flotante: Et apres auoir viſité pluſieurs Climats, elle la fait aborder en France, ou par le reſpect & l'admiration que luy cauſent les rares qualitez de la Reyne; Elle ordonne à ces Guerriers de faire, en faueur de ſa Majeſté, tout ce qu'ils auront peu inuenter pour luy plaire par leur adreſſe, & par leur magnificence.

ORDRE DE L'ENTRÉE DES CHEVALIERS dans le Camp, leurs ſuittes, & Deuiſes.

VN Heraut d'Armes.
Monſieur Desbardins.

VN Page de Roger, Chef de la Quadrille, portant ſa Lance & l'Eſcu de ſa Deuiſe, accompagné de celuy de Guidon le Sauuage, Mareſchal de Camp, & de celuy d'Oger le Danois, Iuge des Courſes portans les Lances, & les Eſcus de leurs Maiſtres.

Quatre Trompettes, & deux Tymballiers.

LE Duc de Saint-Aignan, repreſentant Guidon le Sauuage, Mareſchal de Camp, ayant pour Deuiſe vn Tymbre d'Horloge frappé par le Marteau, qui ſonne les Heures, auec ces mots.

De mis golpes mi Ruido.

Le Duc de Saint-Aignan, *repreſentant Guidon le Sauuage.*

MADRIGAL.

LEs combats que j'ay faits en l'Iſle dangereuſe,
Quand de tant de Guerriers je demeuray vainqueur,
Suiuis d'vne épreuue amoureuſe,
Ont ſignalé ma force auſſi bien que mon cœur.
La vigueur qui fait mon eſtime,
Soit qu'elle embraſſe vn party légitime,
Où qu'elle vienne à s'eſchapper;
Fait dire, pour ma gloire, aux deux bouts de la Terre,
Qu'on n'en void point en toute guerre,
Ny plus ſouuent, ny mieux frapper.

POVR LE MESME.

SEul contre dix Guerriers, ſeul cõtre dix Pucelles
C'eſt auoir ſur les bras deux étranges querelles,
Qui ſort à ſon honneur de ce double combat
Doit eſtre ce me ſemble vn terrible Soldat.

Huit Trompettes, & deux Tymballiers.

LE ROY, repreſentant Roger, ayant pour Deuiſe vn Soleil auec ces mots.

Nec Ceſſo, nec Erro.

Pour Le ROY, *Repreſentant Roger.*

CE n'eſt pas ſans raiſon que la Terre & les Cieux,
Ont tant d'eſtonnement pour vn Objet ſi rare;
Qui dans ſon cours penible, autant que glorieux,
Iamais ne ſe repoſe, & jamais ne s'égare.

SONNET.

Pour LE ROY, *ſous le nom de* ROGER.

QVelle taille, quel port a ce fier Conquérant!
Sa perſonne éblouït quiconque l'examine,
Et quoy que par ſon Poſte il ſoit déja ſi Grand,
Quelque choſe de plus éclate dans ſa mine.

Son front de ses Destins est l'auguste garant,
Par delà ses Ayeux sa vertu l'achemine,
Il fait qu'on les oublie, & de l'air qu'il s'y prend
Bien loin derriere luy laisse son origine.

De ce cœur genereux c'est l'ordinaire employ,
D'agir plus volontiers pour Autruy que pour soy,
Là principalement sa force est ocupée:

Il efface l'éclat des Héros anciens,
N'a que l'honneur en veuë, & ne tire l'épée
Que pour des interests qui ne sont pas les siens.

Le Duc de Noailles, representant Oger le Danois, Iuge des Courses, ayant pour Deuise vn Aigle, qui voyant le Soleil, s'esleue & ouure ses Aisles pour s'en approcher, auec ces mots.

Fidelis & audax.

Le Duc de Noailles. *Oger le Danois Iuge du Camp.*

CE *Paladin s'applique a cette seule affaire*
De seruir dignement le plus puissant des Rois,
Comme pour bien juger il faut sçauoir bien faire
Ie doute que personne appelle de sa voix.

Le Duc de Guiſe, & le Comte d'Armagnac enſemble.

Le Duc de Guiſe, repreſentant Aquilant le noir, ayant pour Deuiſe vn Lyon qui dort, auec ces mots.

Et quieſcente paueſcunt.

Le Duc de Guiſe. *Aquilant le Noir.*

LA Nuit a ſes beautez de meſme que le jour,
Le Noir eſt ma couleur, je l'ay toûjours aymeé,
Et ſi l'obſcurité conuient à mon Amour,
Elle ne s'eſtend pas juſqu'à ma Renommée.

Le Comte d'Armagnac, repreſentant Griffon le blanc, ayant pour Deuiſe vne Hermine auec ces mots.

Ex candore decus.

Le Comte d'Armagnac. *Griffon le Blanc.*

VOyez quelle candeur en moy le Ciel a mis,
Auſſi nulle Beauté ne s'en verra trompée,
Et quand il ſera temps d'aller aux ennemis
C'eſt ou je me feray tout Blanc de mon épée.

Les Ducs de Foix, & de Coaſlin.

Le Duc de Foix, repreſentant Renaud, ayant pour Deuiſe vn Vaiſſeau dans la Mer, auec ces mots.

Longe leuis aura feret.

Pour le Duc de Foix. *Renaud.*

IL porte vn Nom celebre, il eſt jeune, il eſt ſage,
A vous dire le vray c'eſt pour aller bien haut,
Et c'eſt vn grand bonheur que d'auoir à ſon âge
La chaleur neceſſaire, & le flegme qu'il faut.

Le Duc de Coaſlin, repreſentant Dudon, ayant pour Deuiſe vn Soleil, & l'Heliotrope ou Tourneſol, auec ces mots.

Splendor ab obſequio.

Le Duc de Coaſlin. *Dudon.*

TRop auant dans la Gloire on ne peut s'engager,
I'auray vaincu ſept Rois, & par mon grand courage
Les verray tous ſoûmis au pouuoir de ROGER,
Que je ne ſeray pas content de mon Ouurage.

Le Comte du Lude, & le Prince de Marſillac.

Le Comte du Lude, repreſentant Aſtolphe, ayant pour Deuiſe vn chiffre en forme de nœud, auec ces mots.

Non ſia mai ſciolto.

Le Comte du Lude. *Aſtolphe.*

DE tous les Paladins qui ſont dans l'Vniuers
Aucũ n'a pour l'Amour l'ame plus échauffée,
Entreprenant toûjours mille projets diuers,
Et toûjours enchanté par quelque jeune FE'E.

Le Prince de Marſillac, repreſentant Brandimart, ayant pour Deuiſe vne Montre en relief dont on voit tous les reſſorts, auec ces mots.

Chieto fuor commoto dentro.

Le Prince de Marſillac. *Brandimart.*

MEs vœux ſeront contents, mes ſouhaits accomplis,
Et ma bonne fortune à ſon comble arriuée
Quand vous ſçaurez mon zelle, aymable FLEVRDELIS,
Au milieu de mon cœur profondément grauée.

Les

Les Marquis de Villequiert, & de Soyecourt.

Le Marquis de Villequiert, repreſentant Richardet, ayant pour Deuiſe vn Aigle qui plane deuant le Soleil, auec ces mots.

Vni militat Aſtro.

Et autour de l'Eſcu eſt eſcrit, *de meſme que l'Aigle ne combat que pour mon Roy qui eſt mon Iupiter, ou pour ma Maiſtreſſe qui eſt mon Aſtre.*

Le Marquis de Villequiert. *Richardet.*

PErſonne comme moy n'eſt ſorty galamment
D'vne intrigue ou ſans doute il faloit quelque adreſſe,
Perſonne à mon auis plus agreablement
N'eſt demeuré fidelle en trompant ſa Maiſtreſſe.

Le Marquis de Soyecourt, repreſentant Oliuier, ayant pour Deuiſe la Maſſuë d'Hercule, auec ces mots.

Vix æquat fama labores.

Le Marquis de Soyecourt. *Oliuier.*

VOicy l'honneur du Siecle, aupres de qui nous ſommes,
Et meſme les Geants, de mediocres Hommes,
Et ce franc Cheualier à tout venant tout preſt
Toûjours pour quelque Iouſte a la lance en arreſt.

Les Marquis d'Humieres, & de la Valliere.

Le Marquis d'Humieres, repreſentant Ariodant, ayant pour Deuiſe toutes ſortes de Couronnes, auec ces mots.

No quiero Menos.

Le Marquis d'Humieres. *Ariodant.*

IE tremble dans l'accés de l'amoureuſe fiéure,
Ailleurs ſans vanité je ne tremblay jamais,
Et ce charmant objet l'adorable GENEVRE
Eſt l'vnique vainqueur à qui je me ſoûmets.

Le Marquis de la Valliere, repreſentant Zerbin, ayant pour Deuiſe vn Phœnix ſur vn bucher allumé par le Soleil, auec ces mots.

Hoc juuat vri.

Le Marquis de la Valliere. *Zerbin.*

QVelques beaux ſentimens que la gloire nous donne
Quand on eſt amoureux au ſouuerain degré,
Mourir entre les bras d'vne belle Perſonne
Eſt de toutes les morts la plus douce à mon gré.

Monſieur le DVC, repreſentant Roland, ayant pour Deuiſe vn Dard entortillé de Lauriers, auec ces mots.

Certo ferit.

Monſieur le Duc. *Roland.*

ROland fera bien loin ſon grand Nom retētir,
La Gloire deuiendra ſa fidelle Compagne,
Il eſt ſorty d'vn ſang qui bruſle de ſortir
Quand il eſt queſtion de ſe mettre en campagne,
Et pour ne vous en point mentir
C'eſt le pur ſang de Charlemagne.

APollon paroiſt ſur vn Char, conduit par le Temps; ayant à ſes pieds les quatre Siecles, enuironné des douze heures du jour, & des douze Signes du Zodiaque.

Les Pages des Cheualiers portant leurs Lances, & les Eſcus de leurs Deuiſes.

Vingt Pasteurs chargez de diuerses pieces de la Barriere, dont la Lice doit estre fermée pour la dresser en vn moment.

TOute cette Troupe entrant par l'vn des quatre Portiques, qui aboutissent aux quatre auenuës du Camp, & apres en auoir fait le tour, s'estant arrestez deuant les Reynes; Apollon, & les quatre Siecles recitent ces vers en Dialogue.

LE SIECLE D'AIRAIN à Apollon.

Brillant pere du jour, Toy de qui la puissance
Par ses diuers aspects nous donna la naissance;
Toy l'espoir de la Terre, & l'ornement des Cieux;
Toy le plus necessaire & le plus beau des Dieux;
Toy dont l'actiuité, dont la bonté suprême
Se fait voir & sentir en tous lieux par soy-mesme:
Dis nous par quel destin, ou par quel nouueaux choix
Tu celebres tes jeux aux riuages François?

APOLLON.

Si ces lieux fortunez ont tout ce qu'eût la Grece
De gloire, de valeur, de merite & d'adresse;
Ce n'est pas sans raison qu'on y voit transferez

Ces

Ces jeux, qu'à mon honneur la terre a consacrez:
I'ay toûjours pris plaisir à verser sur la France
De mes plus doux Rayons la benigne influence:
Mais le charmant objet qu'Hymen y fait regner,
Pour elle maintenant me fait tout desdaigner.
Depuis vn si long-tẽps que pour le bien du monde
Ie fais l'immense tour de la terre & de l'onde,
Iamais je n'ay rien veu si digne de mes feux,
Iamais vn sang si noble, vn cœur si genereux,
Iamais tant de lumiere auec tant d'innocence;
Iamais tant de jeunesse auec tant de prudence;
Iamais tant de grandeur auec tant de bonté;
Iamais tant de sagesse auec tant de beauté.
Mille Climats diuers qu'on vit sous la puissance
De tous les demi-Dieux dont elle prit naissance,
Cedant à son merite autant qu'à leur deuoir,
Se trouueront vn jour vnis sous son pouuoir.
Ce qu'eurent de grandeurs & la France & l'Espagne,
Les droicts de Charles-Quint, les droicts de Charle-Magne,
En elle, auec leur sang heureusement transmis,
Rendront tout l'Vniuers à son Trosne soumis:
Mais vn titre plus grand, vn plus noble partage
Qui l'esleue plus haut, qui luy plaist dauantage;
Vn nom qui tient en soy les plus grands noms vnis,
C'est le nom glorieux d'Espouse de LOVIS.

LE SIECLE D'ARGENT.

Quel destin fait brisler auec tant d'injustice
Dans le siecle de fer vn Astre si propice?

LE SIECLE D'OR.

Ah! ne murmure point contre l'ordre des Dieux,
Loin de s'en orgueillir, d'vn don si precieux,
Ce siecle qui du Ciel a merité la haine
En deuroit augurer sa ruïne prochaine,
Et voir qu'vne vertu qu'il ne peut suborner,
Vient moins pour l'anoblir que pour l'exterminer.
Si-tost qu'elle paroist dans cette heureuse terre,
Voy comme elle en banit les fureurs de la guerre:
Comment depuis ce jour d'infatigables mains
Trauaillent sans relâche au bon-heur des humains;
Par quels secrets ressors vn Heros se prepare
A chasser les horreurs d'vn siecle si barbare,
Et me faire reuiure auec tous les plaisirs,
Qui peuuent contenter les innocens desirs.

LE SIECLE DE FER.

Ie sçais quels ennemis ont entrepris ma perte,
Leurs desseins sont connus, leur trasme est descouuerte;
Mais mon cœur n'en est pas à tel point abatu...

APOLLON.

Contre tant de grandeur, contre tant de vertu,
Tous les monstres d'Enfer vnis pour ta deffense

Ne feroient qu'vne foible & vaine resistance:
L'Vniuers opprimé de ton joug rigoureux,
Va gouster par ta fuite vn destin plus heureux:
Il est temps de ceder à la Loy souueraine,
Que t'imposent les vœux de cette auguste Reyne;
Il est temps de ceder aux trauaux glorieux
D'vn Roy fauorisé de la Terre & des Cieux:
Mais icy trop long-temps ce different m'arreste,
A de plus doux combats cette Lice s'apreste;
Allons la faire ouurir, & ployons des Lauriers,
Pour couronner le front de nos fameux Guerriers.

APOLLON, sur vn Char. La Grange.

LE TEMPS, menant le Char d'Apollon. Millet.

Les quatre Siecles.

Siecle d'Airain.	Mad[lle]. de Brie.
Siecle d'Or.	Mad[lle]. Moliere.
Siecle d'Argent.	Hubert.
Siecle de Fer.	Du Croisy.

APres le recit d'Apollon & des Siecles, la course de Bague se fait, & la nuit suruenant, les enuirons de l'Isle enchantée brillent d'vn nombre infiny de lumieres, & l'on voit entrer dans la mesme place trente-quatre concertans marchant deuant les quatre Saisons.

LE PRINTEMPS, ſur vn Cheual d'Eſpagne.

L'ESTE, ſur vn Elephant.

L'AVTOMNE, ſur vn Chameau.

L'HYVER, ſur vn Ours.

Quarante-huit perſonnes de la ſuitte des Saiſons: Douze Iardiniers, douze Moiſſonneurs, douze Vandangeurs, & douze Vieillards, qui par leurs Fleurs, leurs Eſpics, leurs Fruicts, & leurs Glaces; marquent chacune des Saiſons, & portent les Baſſins pour la Collation.

Concert de Pan & de Diane, compoſé de quatorze perſonnes de leur ſuitte.

PAN & DIANE ſur vne Machine portée en l'air.

Vingt-quatre de la ſuitte de Pan & de Diane, portant des viandes de la Menagerie du premier, & de la Chaſſe de l'autre.

Dix-huit Pages, qui doiuent ſeruir à Table les Dames.

Cette Troupe eſtant rangée, les quatre Saiſons, Pan & Diane, ſe preſentent deuant la Reyne, & luy diſent ces Vers.

LE

LE PRINTEMPS.

A LA REYNE.

ENtre toutes les fleurs nouuellement écloses,
Dont mes jardins sont embellis,
Méprisant les jasmins, les œillets & les roses,
Pour payer mon tribut j'ay fait choix de ces lys,
Que de vos premiers ans vous auez tant cheris:
LOVIS les fait briller du couchant à l'aurore,
Tout l'Vniuers charmé les respecte & les craint;
Mais leur regne est plus doux & plus puissant encore,
Quand ils brillent sur vostre teint.

L'ESTE'.

Surpris vn peu trop promptement,
I'apporte à cette Feste vn leger ornement;
Mais auant que ma saison passe,
Ie feray faire à vos Guerriers,
Dans les campagnes de la Thrace,
Vne ample moisson de Lauriers.

L'AVTOMNE.

Le Printemps orgueilleux de la beauté des fleurs
Qui luy tomberent en partage,

Pretend de cette Feste auoir tout l'auantage,
Et nous croit obscurcir par ses viues couleurs:
Mais vous vous souuiendrez, Princesse sans
seconde,
De ce fruict precieux qu'a produit ma saison,
Et qui croist dans vostre maison,
Pour faire quelque jour les delices du Monde.

L'HYVER.

La neige, les glaçons que j'apporte en ces lieux,
Sont des mets les moins precieux;
Mais ils sont des plus necessaires,
Dans vne Feste où mille objets charmans,
De leur œillades meurtrieres,
Font naistre tant d'embrazemens.

DIANE.

A LA REYNE.

Nos bois, nos rochers, nos montagnes,
Tous nos chasseurs, & mes compagnes
Qui m'ont toûjours rẽdu des honneurs souuerains;
Depuis que parmy nous ils vous ont veu paroistre,
Ne veulent plus me reconnoistre,
Et chargez de presens, viennent auec moy
Vous porter ce tribut pour marque de leur foy.

Les habitans legers de cét heureux boccage,
De tomber dans vos rets font leur ſort le plus doux,
Et n'eſtiment rien dauantage,
Que l'heur de perir de vos coups:
Amour dont vous auez la grace & le viſage,
A le meſme ſecret que vous.

PAN.

Ieune Diuinité, ne vous eſtonnez pas,
Lors que nous vous offrons en ce fameux repas
L'eſlite de nos bergeries:
Si nos troupeaux gouſtent en paix
Les herbages de nos prairies,
Nous deuons ce bon-heur à vos diuins attraits.

LE PRINTEMPS, monté ſur vn cheual d'Eſpagne.

Mad[lle]. du Parc.

L'ESTÉ, monté ſur vn Elephant.

Du Parc.

L'AVTOMNE, montée ſur vn Chameau.

La Thorilliere.

L'HYVER, monté ſur vn Ours.

Bejart.

Pan, & Diane dans vne Machine.

Mad[lle]. Bejart. *Diane.*
Moliere. *Pan.*

Apres que Pan a acheué ſon Recit, vne Table ornée de feſtons, & fort enrichie ſe deſcouure; & les quatre Controlleurs Generaux, Monſieur de la Marche Coquet, Meſſieurs Parfait Pere, Fils & Frere, ſous les noms de l'Abondance, la Ioye, la Propreté, & la bonne-chere, l'ayant fait couurir par les Plaiſirs, les Ieux, les Ris & les Delices : vne magnifique Collation finit ce premier jour des Diuertiſſements de l'Iſle enchantée.

FIN DE LA PREMIERE IOVRNÉE.

SECONDE IOURNÉE DES PLAISIRS DE L'ISLE ENCHANTÉE.

AVANT-PROPOS.

LE Braue Roger, & les fameux Guerriers de sa Quadrille auoient trop bien reussi aux Courses qu'ils auoient entreprises dans l'Isle Enchantée ; & la Magicienne qui les auoit conuiez à en diuertir vne grande Reyne, auoit receu trop de satisfaction de cette galanterie, pour n'en desirer pas la continuation : Ces Cheualliers luy donnent donc le plaisir de la Comedie; comme ils auoient entrepris les Courses sous le nom des Ieux Pythiens, & armez à la Grecque, ils ne sortent point de leur premier dessein, lors que la scene eſt en Elide: C'eſt là qu'vn Prince d'humeur magnifique & galante, ayant vne fille auſſi naturellement ennemie de l'amour, qu'ornée de tous les dons qui la rendent aymable, propoſe des Ieux d'exercices, des Courſes de Chariots, & des Chaſſes, croyant que la magnificence des premiers, & le diuertiſſement de l'autre, ou l'adreſſe & le courage ſe font remarquer, feront choiſir parmy les diuers Princes qu'il y auoit conuiez vn amant à ſa fille, qui ſoit digne d'elle. Il y reuſſit heureuſement, & l'intrigue de la Comedie eſtant de ſoy fort galante, eſt encore augmentée par des Concerts, des Recits, & des Entrées de Ballet, qui entrent bien dans le ſujet, & le rendent fort agreable.

Noms de ceux qui jouënt la Comedie.

Le Prince d'Elide.	Hubert.
La Princeſſe d'Elide, & deux autres ſes parentes.	Meſd[lles]. de Brie. Moliere, du Parc.
Philis.	Mad[lle]. Bejart.
Le Prince d'Ithaque.	La Grange.
Le Prince de Meſſene.	Du Croyſy.
Le Prince de Pyle.	Bejart.
Arbale Gouuerneur du Prince d'Ithaque.	La Thorilliere.
Moron.	Moliere.
Lycas, & deux petits Pages.	

Noms de ceux qui danſent au Ballet, & ceux qui chantent.

L'AVRORE.

Madlle. Hilaire.

Quatre Valets de Chiens, qui doiuent chanter.

Meſſieurs Eſtiual, Don, Blondel, & Molliere.

Six autres Valets de Chiens, qui doiuent danſer.

Les Sieurs Payſan, Chicanneau, Noblet, Peſan, Bonard, & La Pierre.

Deux Ours.

Les Sieurs Mercier, & Vagnard.

Huict Payſans.

Les Sieurs Payſan, Chicanneau, Baltazard, Noblet, Bonard, Mançeau, Magny, & La Pierre.

Un Satyre.

M. Eſtiual.

Deux Paſtres.

Meſſieurs Le Gros, & Blondel.

Deux Bergeres Heroïques.

Mad[lle]. La Barre. Mad[lle]. Hilaire.

Deux Bergers Heroïques.

Meſſieurs Don, & Eſtyual.

Seize Faunes

FLVTTES.

Les Sieurs Pieſche, Deſcouſteaux, Deſtouche, Martin Hottere, Louis Hottere, Iean Hottere, Nicolas Hottere, ou le Roy, & Paiſible.

Petits Violons.

Les Sieurs Marchand, La Caiſſe, Beſſon, Magny, Charlot, Alais, Huguenet, & La Fontaine.

Quatre Bergers, & quatre Bergeres.

Bergers. Les Sieurs Chicanneau, Du Pron, Noblet, & La Pierre.

Bergeres. Les Sieurs Baltaſar, Magny, Arnald, & Bonard.

FIN DE LA SECONDE IOVRNE'E.

BALLET DV PALAIS D'ALCINE.

TROISIESME IOVRNEE.

AVANT-PROPOS.

LE Ciel ayant resolu de donner la liberté à tant de braues Guerriers retenus dans l'Isle Enchantée d'Alcine, par la fin de ses charmes & la ruïne de son Palais, cette belle Magicienne est troublée par des prodiges & des ſonges, qui luy preſagent ſon malheur prochain : En cette inquietude elle vient aux bords du Lac portée par vn Monſtre Marin, accompagnée de deux de ſes Nymphes ; & meſle à des plaintes de l'eſtat où elle ſe trouue, les louanges de la Reyne Mere du Roy par ces Vers.

ALCINE, CELIE, DIRCE'.

ALCINE.

VOus à qui je fis part de ma felicité,
Pleurez auec moy dans cette extremité.

CELIE.

Quel eſt donc le ſujet des ſoudaines alarmes
Qui de vos yeux charmans font couler tant de larmes?

ALCINE.

Si je penſe en parler, ce n'eſt qu'en fremiſſant.
Dans les ſombres horreurs d'vn ſonge menaſſant,
Vn ſpectre m'auertit, d'vne voix eſperduë,
Que pour moy des Enfers la force eſt ſuſpenduë ;
Qu'vn celeſte pouuoir arreſte leur ſecours,
Et que ce jour ſera le dernier de mes jours.

Ce que versa de triste au poinct de ma naissance
Des Astres ennemis, la maligne influence,
Et tout ce que mon art m'a predit de malheurs,
En ce songe fut peint de si viues couleurs,
Qu'à mes yeux éueillez sans cesse il represente
Le pouuoir de Melisse, & l'heur de Bradamante.
I'auois preueu ces maux, mais les charmans plaisirs,
Qui sembloient en ces lieux preuenir nos desirs;
Nos superbes palais, nos jardins, nos campagnes,
L'agreable entretien de nos cheres compagnes:
Nos jeux & nos chansons, les concerts des oyseaux,
Le parfun des Zephirs, le murmure des eaux,
De nos tendres amours les douces auantures,
M'auoient fait oublier ces funestes augures,
Quand le songe cruel dont je me sens troubler,
Auec tant de fureur les vint renoueller.
Chaque instant je croy voir mes forces terrassées,
Mes gardes esgorgez, & mes prisons forcées;
Ie croy voir mille amans, par mon art transformez,
D'vne égale fureur à ma perte animez;
Quitter en mesme temps leurs troncs & leurs feüillages,
Dans le juste dessein de vanger leurs outrages,
Et je croy voir, enfin, mon aymable Roger
De mes fers méprisez, prest à se desgager.

CELIE.

La crainte en vostre esprit s'est acquis trop d'empire,
Vous regnez seule icy, pour vous seule on soûpire;
Rien n'interrompt le cours de vos contentemens,
Que les accens plaintifs de vos tristes amans:
Logistile, & ses gens chassez de nos campagnes
Tremblent encor de peur, cachez dans leurs montagnes;
Et le nom de Melisse, en ces lieux inconnu,
Par vos augures seuls jusqu'à nous est venu.

DIRCE'.

Ah! ne nous flatons point, ce fantosme effroyable
M'a tenu cette nuit vn discours tout semblable.

ALCINE.

Helas! de nos malheurs qui peut encor douter.

CELIE.

I'y vois vn grand remede, & facile à tenter;
Vne Reyne paroist, dont le secours propice
Nous sçaura guarentir des efforts de Melisse:
Par tout de cette Reyne on vante la bonté,
Et l'on dit que son cœur, de qui la fermeté
Des flots les plus mutins méprisa l'insolence,
Contre les vœux des siens est toûjours sans defense.

ALCINE.

Il est vray je la vois, en ce pressant danger

A nous donner secours taschons de l'engager;
Disons-luy qu'en tous lieux la voix publique estale
Les charmantes beautez de son ame Royale;
Disons que sa vertu, plus haute que son rang
Sçait releuer l'esclat de son auguste sang,
Et que de nostre sexe elle a porté la gloire
Si loin, que l'auenir aura peine à le croire;
Que du bon-heur public son grand cœur amoureux
Fit toûjours des perils vn mépris genereux;
Que de ses propres maux, son ame à peine atteinte,
Pour les maux de l'Estat garda toute sa crainte:
Disons que ses bien-faits versez à pleines mains
Luy gaignent le respect & l'amour des humains,
Et qu'au moindre danger dont elle est menacée
Toute la terre en deüil se montre interessée:
Disons qu'au plus haut poinct de l'absolu pouuoir,
Sans faste & sans orgueil sa grãdeur s'est fait voir;
Qu'aux temps les plus fascheux, sa sagesse constãte,
Sans crainte a soustenu l'autorité penchante;
Et dans le calme heureux, par ses trauaux acquis,
Sans regret la remit dans les mains de son Fils.
Disons par quels respects, par quelle complaisance
De ce Fils glorieux, l'amour la recompense;
Vantons les longs trauaux, vantons les justes loix
De ce Fils reconnu pour le plus grand des Rois;
Et comment cette Mere heureusement feconde

Ne donnant que deux fois a donné tant au monde.
Enfin, faisons parler nos soûpirs & nos pleurs
Pour la rendre sensible à nos viues douleurs,
Et nous pourrons trouuer au fort de nostre peine
Vn refuge paisible aux pieds de cette Reyne.

DIRCÉ.

Ie sçais bien que son cœur, noblement genereux,
Ecoute auec plaisir la voix des mal-heureux:
Mais on ne voit jamais éclater sa puissance
Qu'à repousser le tort qu'on fait à l'innocence;
Ie sçais qu'elle peut tout, mais je n'ose penser
Que jusqu'à nous deffendre on la vit s'abaisser.
De nos douces erreurs elle peut estre instruite,
Et rien n'est plus contraire à sa rare conduite;
Son Zele si connu pour le culte des Dieux
Doit rendre à sa vertu nos respects odieux,
Et loin qu'à son abord mon effroy diminuë,
Malgré-moy je le sens qui redouble à sa veuë.

ALCINE.

Ah! ma propre frayeur suffit pour m'affliger!
Loin d'aigrir mon ennuy, cherche à le soulager,
Et tasche de fournir, à mon ame oppressée
Dequoy parer aux maux dont elle est menacée.
Redoublons cependant les Gardes du Palais,
Et s'il n'est point pour nous d'azile desormais;

Dans nostre desespoir cherchons nostre deffense,
Et ne nous rendons pas au moins sans resistance.

Alcine.	Mad[lle.] du Parc.
Celie.	Mad[lle.] de Brie.
Dircé.	Mad[lle.] Moliere.

VN Choeur de plusieurs instrumens se fait entendre de toutes parts, sur deux Isles situées aux deux costez du Palais d'Alcine il paroist vn grand nombre de Musiciens qui font vne charmante Harmonie; pendant que le Frontispice du Palais venant à s'ouurir, il en sort quatre Geants d'vne hauteur prodigieuse, commis à la garde d'vn lieu si considerable par sa situation, & par sa force.

PREMIERE ENTRE'E.

Quatre Geants, & quatre Nains.

Geants. Les Sieurs Mançeau, Vagnard, Pesan, & Ioubert.

Nains. Les deux petits Des-Airs, Le petit Vagnard, & Le petit Tutin.

II. ENTRE'E.

HVit Maures chargez par Alcine de la garde du dedans, en font vne exacte visite, auec chacun deux flambeaux.

Maures. Messieurs D'Heureux, Beauchamp, Molier, La Marre, Les Sieurs Le Chantre, De Gan, Du Pron, & Mercier.

III. ENTRE'E.

CEpendant vn despit amoureux oblige six des Cheualiers qu'Alcine retenoit aupres d'elle, à tenter la sortie de ce Palais; mais la fortune ne secondant pas les efforts qu'ils font dans leur desespoir, ils sont vaincus apres vn grand combat par autant de Monstres qui les attaquent.

Six Cheualiers, & six Monstres.

Cheualiers. Messieurs De Souuille, Raynal, Des-Airs l'aisné, Des-Airs le second, De Lorge, & Balthasard.

Monstres. Les Sieurs Chicanneau, Noblet, Arnald, Desbrosses, Desonets, & La Pierre.

IV.

IV. ENTREE.

ALcine allarmée de cét accident, inuoque de nouueau tous ſes Eſprits, & leur demande ſecours: il s'en preſente deux à elle, qui font des ſauts auec vne force, & vne agilité merueilleuſes.

Demons Agilles.

Les Sieurs S. André, & Magny.

V. ENTRE'E.

D'Autres Demons viennent encore, & ſemblent aſſeurer la Magicienne qu'ils n'oublieront rien pour ſon repos.

Autres Demons Sauteurs.

Les Sieurs Tutin, La Brodiere, Peſan, & Bureau.

VI. ET DERNIERE ENTRE'E.

MAis à peine commence-t'elle à se rasseurer, qu'elle voit paroistre auprès de Roger, & de quelques Cheualiers de sa suitte, la sage Melisse sous la forme d'Atlas; elle court aussi-tost pour empescher l'effet de son intention; mais elle arriue trop tard: Melisse a déja mis au doigt de ce braue Cheualier la fameuse bague qui destruit les enchantemens; lors vn coup de Tonnerre, suiuy de plusieurs esclairs, marque la destruction du Palais, qui est aussitost reduit en cendres par vn Feu d'artifice, qui met fin à cette auanture, & aux diuertissements de l'Isle Enchantée.

Alcine.	Madlle. du Parc.
Melisse.	De Lorge.
Roger.	M. Beauchamp.

Cheualiers. Messieurs D'Heureux, Raynal, Du Pron, & Desbrosses.

Escuyers. Messieurs La Marre, Le Chantre, De Gan, & Mercier.

FIN.

LISTE DV DIVERTISSEMENT DE VERSAILLES, ET LES NOMS DE CEVX qui y ſont employez.

PREMIERE IOVRNE'E.

Ce qui paroiſt de jour.

VN HERAVT D'ARMES.

Mr Des-Bardins.

Artagnan Page du Roy, accompagné de Gonualin Page de Monſieur le Duc de S. Aignan, & de Ceton Page de Monſieur le Duc de Noailles.

Quatre Trompettes, & deux Tymballiers.

	Beaulieu.		Louis Desore.
Trompettes.	La Marche.	*Tymballiers.*	
	Orleans.		Saint-Iean.
	La Fleur.		

Vn Mareschal de Camp.

Monsieur le Duc de S. Aignan. *Guidon le Sauuage.*
Couleur blanc, & or, les galands incarnat & noir.

Huit Trompettes, & deux Tymballiers.

	Rhodes.	Leger.
Trompettes.	La Chapelle.	La Plaine.
	Du Pré.	Champagne.
	La Salle.	Beaulis.

Tymballiers.

Beaupré. Iolicœur.

LE ROY, *Representant Roger.*
Chef de la Quadrille, couleur de feu, or & argent.

Vn Iuge des Courses.

Monsieur le Duc de Noailles. *Oger le Danois.*
Couleur de feu, noir & argent.

Cheualiers, & leurs couleurs.

Monſieur le Duc. Roland.
Couleur de feu blanc & argent.

Monſieur le Duc de Guiſe. Aquilant le noir.
Couleur noir & or.

Monſieur le Comte d'Armagnac. Griffon le blanc.
Couleur argent & blanc.

Monſieur le Duc de Foix. *Renaut.*
Couleur incarnat, or & argent.

Monſieur le Duc de Coaſlin. *Dudon.*
Couleur vert, blanc, & argent.

Monſieur le Comte du Lude. *Aſtolphe.*
Couleur incarnat, blanc, & argent.

Monſieur de Marſillac. *Brandimart.*
Couleur jaune, blanc, argent, & noir.

Monſieur le Marquis de Soyecourt. *Oliuier.*
Couleur bleu, blanc, & argent.

Monſieur le Marquis de Villequiert. *Richardet.*
Couleur bleu, or & argent.

Monſieur le Marquis d'Humieres. *Ariodant.*
Couleur de chair, blanc, & argent.

Monſieur le Marquis de la Valliere *Zerbin.*
Couleur gris de Lin, blanc & argent.

APOLLON, ſur vn Char. La Grange.

LE TEMPS, menant le Char d'Apollon. Millet.

Les quatre Siecles.

Siecle d'Airain. Mad^lle. de Brie.
Siecle d'Or. Mad^lle. de Moliere.
Siecle d'Argent. Hubert.
Siecle de Fer. Du Croiſy.

Les douze Heures.

Souuille. Magny.
Payſan. Mançeau.
La Marre. Ioubert.
Peſan. Noblet.
De Lorge. Arnald.
De Gan. Deſonets.

Les

Les douze Signes du Zodiaque.

Beauchamp.
D'Heureux.
Raynal.
Des-Airs l'aiſné.
Chicanneau.
Le Chantre.
Des-Airs le ſecond.
Du Pron.
Mercier.
Balthazard.
S. André.
Des-Broſſes.

Vnze Pages veſtus de la couleur de leur Maiſtres, dont ils portent la Lance, & l'Eſcu de leur Deuiſe.

Blancas.	De Monſieur le Duc.
D'arrac.	De Monſieur de Guiſe.
De Forgues.	De Monſieur d'Armagnac.
Mont-plaiſir.	De Monſieur le Duc de foix.
Maſſou.	De Monſieur le Duc de Coaſlin.
Combrou.	De Monſieur le Comte du Lude.
La Borde.	De Monſieur de Marſillac.
Hericour.	De Monſieur de Soyecourt.
Meſpas.	De Monſieur de Villequiert.
Rimberlieu.	De Monſieur d'Humieres.
S. André.	De Monſieur de la Valliere.

Vingt Pasteurs, Ouuriers portant la Barriere.

Petit.
Trouuain, le Charon.
Marot, le Peintre.
Blaise.
La Place.
Basin l'aisné.
Basin le cadet.
Iean de Flandres.
Lionnois.
S. Paul.
Paul.
Giraut.
Le Maire.
Maheu.
Tartaille.
Rambure.
Dauphin.
Antoine.
Iumel le Menuisier.
Iumel le Sculpteur.

Ce qui paroist de Nuict.

LE PRINTEMPS, monté sur vn cheual d'Espagne.

Mad^lle. du Parc.

Douze de sa suite.

L'Azure.
Lienard.
Coyrin.
De Pille.
Iennesson.
} Officiers du gobelet.

Hurlot.
Contaut.
Mongin.
} Grands Valets de pied.

Renaudin. Ioannet. Pierrot. Le Noble.	Petits Valets de pied

L'ESTE', monté ſur vn Elephant.

Du Parc.

Douze de ſa ſuite.

Guichon. Cleiret. Vendelle. La Boire. Roſeau.	Officiers du gobelet.
La Roſe. Pernaut. La Chapelle. Du Pré.	Grands Valets de pied.
Courtille. La Fleur. Arnauld.	Petits Valets de pied.

L'AVTOMNE, montée ſur vn Chameau.

La Thorilliere.

Douze de ſa ſuite.

Fontenelle. Iemarie. Amiot. Mettayer. Bourru.	Officiers du Gobelet.

Langlois l'aiſné. Langlois le cadet. Boulanger.	Grands Valets de pied.
La Ieuneſſe. Lambelot. Butin. Le Lieure.	Petits Valets de pied.

L'HYVER, monté ſur vn Ours.

Bejart.

Douze de ſa ſuite.

Bigot. Le Roy. André. Laloin. Breuet.	Officiers du gobelet.
La Ieuneſſe. Palluau Verdelet. Moriſque.	Grands Valets de pied.
Montigny. Le Cocq. Chaſteau neuf.	Petits Valets de pied.

Trente-

Trente-Quatre Concertants des quatre Saiſons, tant Grands, que Petits Violons.

Grands Violons.

Du Manoir.	Balus.
Leger.	Bruſlard deſſus.
Fauier,	Bruſlard baſſe.
Mazuel.	Des-matins.
Ioubert.	Feugré.
Chaudron.	Leſperuier.
Du Pin.	Des Noyers.
Bonard.	Varin.
Artus.	Camille.
La Croix.	Broüard.

Petits Violons.

La Pierre.	Le Roux le cadet.
Marchand.	Broüart,
La Caiſſe.	Bary.
Magny.	Roullé.
Charlot.	Le Grais.
Martineau.	Heugé.
Le Roux l'aiſné.	La Riuiere.

Quatorze Concertants de Pan, & de Diane.

Fluttes.

Pieſche,	Louis Hottere.
Deſcouſteaux,	Nicolas Hottere, ou le Roy.
Martin Hottere,	Paiſible,
Iean Hottere,	Deſtouches.

Petits Violons.

Le Peintre,	Alais,
Besson,	Huguenet,
La Fontaine.	Guenin.

Pan, & Diane dans vne Machine.

Moliere.	*Pan.*
Mad[lle.] Bejart.	*Diane.*

Vingt-huit de leur suite.

Baudoüin.	Officiers de bouche.
Benoist.	
Du Moustier,	
Gaspard Harsent.	
Garpard de Moüet.	
Irieux Magontier.	
Iean Magontier.	
Magontier Garde Vaisselle.	

Suisses.

Catel,	Bresler,
François Moussu,	Elie,
Iacques Moussu,	Pidou,
Turbau,	Robbe,
Faure,	Tours-Quintener,
Bailly,	Victor Herck,
Iean Moran,	Samusin,
Antoine Moran,	Sudan,
Claude Brochet,	Riemer,
Dominique Brochet,	Humberk,

Dix-huit Pages de la Petite-Escurie, pour seruir à Table les Dames.

Boquebec,	Ste. Maure,
Sandricourt,	Despaux,
Gassion,	La Couderelle,
D'Herouual,	Danucourt,
Brusleuert,	Du Plessis,
Bitry,	Brion,
Dauigent,	Caliauet,
Colambert,	Angeruille,
Loubie,	Patriere.

Huict Officiers du Gobelet du Roy, & de la Reyne, representant les Plaisirs, les Ieux, les Ris, & les Delices, pour garder les quatre Tables des quatre Saisons, & descharger les Bassins que porteront les suittes desdites quatre Saisons.

Mortier,	Bigot le fils,
Francisque,	De Briare,
Du Pille l'aisné,	De Nier,
Du Pille le cadet,	Ste. Fontaine le fils.

Messieurs les Controlleurs Generaux.

Monsieur de la Marche Coquet.	*L'Abondance.*
Monsieur Parfait Pere.	*La Ioye.*
Monsieur Parfait Fils.	*La Propreté.*
Monsieur Parfait Frere.	*La bonne-chere.*

SECONDE IOVRNE'E.

La Comèdie de Moliere, Musique & Entrée de Ballet.

L'AVRORE.

Madlle. Hilaire.

Quatre Valets de Chiens, qui doiuent chanter.

Eſtiual.	Blondel.
Don.	Molliere.

Six autres Valets de Chiens, qui doiuent danſer.

Payſan.	Peſan.
S André.	Bonard,
Noblet.	La Pierre,

Deux Ours.

Mercier.	Vagnard.

Huict Payſans.

Payſan.	Chicanneau.
Baltazard.	Mançeau.
Noblet.	Magny,
Bonard.	La Pierre.

Vn

Un Satyre.

Eſtiual.

Deux Paſtres.

Le Gros. Blondel.

Deux Bergeres Heroïques.

Mad^{lle.} La Barre. Mad^{lle.} Hilaire.

Deux Bergers Heroïques.

Don. Eſtyual.

Seize Faunes

FLVTTES.

Pieſche.	Louis Hottere.
Deſcouſteaux.	Iean Hottere.
Deſtouche.	Nicolas Hottere, ou le Roy.
Martin Hottere,	Paiſible.

Petits Violons.

Marchand.	Charlot.
La Caiſſe.	Alais.
Beſſon.	Huguenet.
Magny.	La Fontaine.

Quatre Bergers, & quatre Bergeres.

Bergers.	Chicanneau.	Baltasar.	*Bergeres.*
	Du Pron.	Magny.	
	Noblet.	Arnald.	
	La Pierre.	Bonard.	

Concertans de l'Orcheſtre,

D'Anglebert.	La Barre le Cadet.
Richard.	Tiſſu.
Ittier.	Le Moine.

Grands Violons.

Du Manoir,	Artus,
Leger,	La Croix.
Mazuel,	Des-matins,
Fauier,	Feugré,
Chaudron,	Du Pin,
Bruſlard deſſus,	Leſperuier,
Bruslard baſſe,	Camille,
Broüard,	Varin,
Ioubert,	Des Noyers,
Baslin,	

Petits Violons.

Martineau,	Le Grais,
Barry,	Heugé,
Le Roux l'aiſné,	Le Peintre,
Le Roux le cadet,	Guenin,
Broüart,	La Riuiere.
Roulé,	

TROISIESME IOVRNE'E.

Alcine ſur vne Machine, qui vient au bord de l'eau.

Mad[lle]. du Parc. *Alcine.*

Deux Nymphes de meſme.

Mad[lle]. de Brie, *Celie.*
Mad[lle]. Moliere. *Dircé.*

Ballet du Palais d'Alcine.

PREMIERE ENTREE'.

Quatre Geants, & quatre petits Garçons.

Vagnard, Peſan, Mançeau, Ioubert.	*Geants.*
Les deux petits Des-Airs, Le petit Vagnard. Le petit Tutin.	*Petits Garçons.*

DEVXIESME ENTRE'E.

Huit Maures

D'Heureux, Le Chantre,
Beauchamp, De Gan,
Molier, Du Pron,
La Marre, Mercier.

TROISIESME ENTRE'E.

Six Cheualiers, & six Monstres.

Cheualiers.	*Monstres.*
Souuille,	Chicanneau,
Raynal,	Noblet,
Des-Airs l'aisné,	Arnald,
Des-Airs le second,	Desbrosses,
De Lorge,	Desonets,
Balthasard,	La Pierre,

IV. ENTRE'E.

Demons Agilles.

Tartas,
S. André,

V. ENTRE'E.

Autres Demons Sauteurs.

Tutin.
La Brodiere.
Pelau.
Bureau.

VI.

VI. ET DERNIERE ENTRÉE.

Alcine, Melisse, Roger.
Quatre Cheualiers, & quatre Escuyers.

Mad^lle. du Parc.	*Alcine.*
De Lorge.	*Melisse.*
Beauchamp.	*Roger.*

D'Heureux, Raynal, Du Pron. Desbrosses. } *Cheualiers.*

La Marre, Le Chantre, De Gan, Mercier, } *Escuyers.*

A vn des costez du Palais d'Alcine sur vn Eschaffaut, seront les Trompettes, & Tymballes.

TROMPETTES.

Rhodes,	Champagne,
La Chapelle,	La Fleur,
Du Pré,	Beaulieu,
La Salle,	Orleans,
Leger,	Beaulis,
La Plaine,	La Marche.

QVATRE TYMBALLES.

Beaupré,	Louis d'Eſcre,
Iolicœur,	Saint Iean.

A l'autre coſté ſur trois autres eſchaffauts ſeront Grands Violons, Petits Violons, & les Fluttes.

GRANDS VIOLONS.

Du Manoir,	Bruſlard baſſe.
Leger.	Bonard,
Mazuel,	Artus,
Fauier,	Broüard
Ioubert,	Feugré,
Du Pin,	La Croix,
Chaudron.	Balus,
Des Noyers,	Des-matins,
Varin,	Leſperuier,
Bruſlard deſſus.	Camille,

PETITS VIOLONS.

Marchand	Le Grais,
La Caiſſe,	Heugé,
Magny,	Le Peintre,
Charlot,	La Riuiere,
Martineau,	Beſſon,
Barry	Alais,
Le Roux l'aiſné	La Fontaine,
Le Roux le cadet,	Huguenet,
Broüart,	Guenin,
Roullé,	

FLVTTES,

Piesche,
Descousteaux,
Destouches,
Martin Hottere,
Louis Hottere,
Iean Hottere,
Nicolas Hottere, ou le Roy,
Paisible.

FIN.

www.ingramcontent.com/pod-product-compliance
Ingram Content Group UK Ltd.
Pitfield, Milton Keynes, MK11 3LW, UK
UKHW020352220726
13923UKWH00004B/1614

9 782019 676247